U0101535

紅樓夢第十九回

情切切良宵花解語　意綿綿靜日玉生香

話說賈妃回宮次日見駕謝恩并回奏歸省之事龍顏甚悅又發內帑彩緞金銀等物以賜賈政及各椒房等員不必細說且說榮寧二府中連日用盡心力真是人人力倦各各神疲又將園中一應陳設動用之物收拾了兩三天方完第一個鳳姐事多任重別人或可偷閑躲靜獨他是不能脫得的二則本性要强不肯落人褒貶只扎掙著與無事的人一樣第一個寶玉是極無事最閑暇的偏這一早襲人的母親又親來回過賈母接襲人家去吃年茶晚間纔得回來因此寶玉只和衆丫頭們擲骰子趕圍棋作戲正在房內頑得沒興頭忽見丫頭們來回說東府裡珍大爺來請過去看戲放花燈寶玉聽了便命換衣裳纔要去時忽又有賈妃賜出糖蒸酥酪來寶玉想上次襲人喜吃此物便命留與襲人了自己回過賈母過去看戲誰想賈珍這邊唱的是丁郎認父黃伯央大擺陰魂陣更有孫行者大鬧天宮姜太公斬將封神等類的戲文倐爾神鬼亂出忽又妖魔畢露內中揚旛過會號佛行香鑼鼓喊叫之聲遠聞巷外滿街上個個都讚好熱鬧戲別人家斷不能有的寶玉見繁華熱鬧到如此不堪的田地只畧坐了一坐便走往各處閒耍先是進內去和尤氏并丫頭姬妾說笑了一回便出二門來尤氏等仍

料他出來看戲遂也不曾照管賈珍賈璉薛蟠等只顧猜謎行令百般作樂縱一時不見他在座只道在裡邊去了也不理論至于跟寶玉的小厮們那年紀大些的知寶玉這一來了必是晚間纔散因此偷空也有會賭錢的也有往親友家去吃年茶的或賭或飲都私自散了待晚間再來那小些的都鑽進戲房裡瞧熱鬧去了寶玉見一個人沒有因想素日這裡有個小書房內曾掛着一軸美人極畫的得神今日這般熱鬧想那裡自然無人那美人也自然是寂寞的須得我去望慰他一回想着便往那廂來剛到窗前聞得房內呻吟之聲寶玉倒唬了一跳敢是美人活了不成乃大着膽子舔破窗紙向內一看那軸美

人却不曾活却是茗烟按着一個女孩子也幹那警幻所訓之事寶玉禁不住大叫了不得一脚踹進門去將那兩個唬開了抖衣而顫茗烟見是寶玉忙跪下哀求寶玉道青天白日這是怎麼說珍大爺知道你是死是活一面看那丫頭雖不標緻倒白淨些微亦有動人心處羞的臉紅耳赤低首無言寶玉跺脚道還不快跑一語提醒了那丫頭飛也似的去了寶玉又赶出去叫道你別怕我是不告訴人的急得茗煙在後叫祖宗這是分明告訴人了寶玉因問那丫頭十幾歲了茗烟道大不過十六七歲了寶玉道連他的歲數也不問問別的自然越發不知了可見他白認得你了可憐可憐又問名字叫什麼茗烟笑道

若說出名字來話長真正新鮮奇文他說他母親養他的時節做了一個夢夢得了一疋錦上面是五色富貴不斷頭的卍字花樣所以他的名字就叫作萬兒寶玉聽了笑道真也新奇想必他將來有些造化說着沉思一會茗烟因問二爺為何不看這樣的好戲寶玉道看了半日怪煩的出來逛逛就遇見你們了這會子作什麽呢茗烟微微笑道這會子沒人知道我悄悄的引二爺往城外逛去一會兒再往這裡來他們就不知道了寶玉道不好仔細花子拐了去且是他們知道了又鬧大了不如往近些的地方去還可就來茗烟道就近地方誰家可去這却難了寶玉笑道依我的主意偺們竟找花大姐姐去瞧他在家作什麽呢茗烟笑道好好倒忘了他家又道他們知道了說我引着二爺胡走要打我呢寶玉道有我呢茗烟聽說拉了馬二人從後門就走了幸而襲人家不遠不過一半里路程轉眼已到門前茗烟先進去叫襲人之兄花自芳此時襲人之母接了襲人與幾個外甥女兒幾個姪女兒來家正吃菓茶聽見外面有人叫花大哥花自芳忙出去看時見是他主僕兩個唬的驚疑不定連忙抱下寶玉來至院內嚷道寶二爺來了别人聽見還可襲人聽了也不知為何忙跑出來迎着寶玉一把拉着問你怎麽來了寶玉笑道我怪悶的來瞧瞧你作什麽呢襲人聽了纔把心放下來說道你也胡鬧了可作什麽來呢一面又

問茗烟還有誰跟來茗烟笑道別人都不知就只我們兩個襲人聽了復又驚慌說道這還了得倘或撞見了人或是遇見了老爺街上人擠馬碰有個閃失也是頑得的你們的膽子比斗還大都是茗煙調唆的回去我定告訴嬷嬷們打你茗烟撅了嘴道二爺罵着打着叫我引了來的這會子推到我身上我說別要來罷不然我們還去罷花自芳忙勸道罷了已是來了也不用多說了只是茅簷草舍又窄又不干凈爺怎麽坐呢襲人之母也早迎了出來襲人拉了寶玉進去寶玉見房中三五個女孩兒見他進來都低了頭羞臉通紅花自芳母子兩個恐怕寶玉寒冷又讓他上炕又忙另擺菓桌又忙倒好茶襲人笑道

你們不用白忙我自然知道菓子也不用擺了不敢亂給東西吃一面說一面將自已的坐褥拿了鋪在一箇杌子上寶玉坐了用自已的脚爐墊了脚向荷包內取出兩個梅花香餅兒來又將自已的手爐掀開焚上仍蓋好放與寶玉懷內然後將自已的茶杯斟了茶送與寶玉彼時他母兄已是忙着齊齊整整的擺上一桌子菓品來襲人見總無可吃之物因笑道既來沒有空去的理好歹嘗一點兒也是來我家一趟說着便拈了几個松子瓤吹去細皮用手帕托着送與寶玉寶玉看見襲人兩眼微紅粉光融滑因悄問襲人道好好的哭什麽襲人笑道何嘗哭纔迷了眼揉的因此便遮掩過了因見寶玉穿着大紅金

褂狐腋箭袖外罩石青貂裘排穗褂說道你特爲往這裡來又換新衣服他們就不問你往那裡去的寶玉笑道原是珍大爺請過去看戲換的襲人點頭又道坐一坐就回去罷這個地方不是你來的寶玉笑道你就家去纔好呢我還替你留着好東西呢襲人笑道悄悄的叫他們聽着什麼意思一面又伸手從寶玉項上將通靈玉摘下來向他姊妹們笑道你們見識見識時常說起來都當稀罕恨不能一見今兒可儘力瞧了再瞧什麼稀罕物兒也不過是這麼個東西說畢遞與他們傳看了一遍仍與寶玉掛好又命他哥哥去或僱一乘小轎或僱一輛小車送寶玉回去花自芳道有我送去騎馬也不妨了襲人道不爲不妨爲的是碰見人花自芳忙去僱了一頂小轎來衆人也不好相留只得送寶玉出去襲人又抓些菓子與茗烟又把些錢與他買花炮放教他不可告訴人連你也有不是一面說着一直送寶玉至門前看着上轎放下轎簾茗烟二人牽馬跟隨來至寧府街茗烟命住轎向花自芳道須得我同二爺還到東府裡混一混纔好過去的不然人家就疑惑了花自芳聽說有理忙將寶玉抱出轎來送上馬去寶玉笑說倒難爲你了于是仍進後門來俱不在話下却說寶玉自出了門他房中這些丫鬟們都越性恣意的頑笑也有趕圍棋的也有擲骰抹牌的磕了一地的瓜子皮偏奶母李嬷嬷拄拐進來請安瞧瞧寶玉見

寶玉不在家丫鬟們只顧頑鬧十分看不過因嘆道只從我出去了不大進來你們越發沒了樣兒了別的嬷嬷越不敢說你們了那寶玉是個丈八的燈臺照見人家照不見自巳的只知嫌人家腌臢這是他的屋子由着你們遭塌越不成体統了這些丫頭們知寶玉明不講究這些二則李嬷嬷巳是告老解事出去的了如今管不着他們因此只顧頑笑並不理他那李嬷嬷還只管問寶玉如今一頓吃多少飯什麼時候睡覺丫頭們總胡亂答應有的說好個討厭的老貨李嬷嬷又問道這蓋碗裡是酥酪怎不送與我吃說畢拿起就吃一個丫頭道快別動那是說了給襲人留着的回來又惹氣了你老人家自巳承認

別帶累我們受氣李嬷嬷聽了又氣又愧便說道我不信他這樣壞了腸子別說我吃了一碗牛奶就是再比這個值錢的也是應該的難道待襲人比我還重難道他不想想怎麼長大了我的血變的奶吃的長這麼大如今我吃他一碗牛奶他就生氣了我偏吃了看他怎樣你們看襲人不知怎樣那是我手裡調理出來的毛丫頭什麼阿物兒一面說一面賭氣將酥酪吃盡又一丫頭笑道他們不會說話怨不得你老人家生氣寶玉還送東西孝敬你老人家去豈有爲這個不自在的李嬷嬷道你們也不必粧狐媚子哄我打量上次爲茶攆茜雪的事我不知道呢明兒有了不是我再來領說着賭氣去了少時寶玉回

來命人去接襲人只見晴雯躺在床上不動寶玉因問敢是病了再不然輸了秋紋道他倒是贏的誰知李老太太來了混輸了他氣的睡去了寶玉笑道你們別和他一般見識由他去就是了說着襲人已來彼此相見襲人又問寶玉何處吃飯多早晚回來又代母妹問諸同伴姊妹好一時換衣卸粧寶玉命取酥酪來了鬟們回說李奶奶吃了寶玉纔要說話襲人便忙笑說道原來是留的這個多謝費心前日我吃的時候好吃吃過了好肚子疼鬧的吐了纔好了他吃了倒好擱在這裡白遭塌了我只想風乾栗子吃你替我剝栗子我去鋪床寶玉聽了信以爲眞方把酥酪丟開取栗子來自向燈前檢剝一面見衆人不在房中乃笑問襲人道今兒那個穿紅的是你什麼人襲人道那是我兩姨妹子寶玉聽了讚嘆了兩聲襲人道嘆什麼我知道你心裡的緣故想是說他那裡配穿紅的寶玉笑道不是不是那樣的人不配穿紅的誰還敢穿我因爲見他實在好得狠怎麼也得他在偺們家就好了襲人冷笑道我一個人是奴才命罷了難道連我的親戚都是奴才命不成定還要揀實在好的丫頭纔往你家來寶玉聽了忙笑道你又多心了我說往偺們家來必定是奴才不成說親戚就使不得襲人道那也搬配不上寶玉便不肯再說只是剝栗子襲人笑道怎麼不言語了想是我纔冐撞冲犯了你明兒賭氣花幾兩銀子買他們進

來就是了寶玉笑道你說的話怎麼叫人答言呢我不過是讚他好正配生在這深堂大院裡沒的我們這種濁物倒生在這裡襲人道他雖沒這造化倒也是姣生慣養的我姨父姨娘的寶貝如今十七歲各樣的嫁粧都齊備了明年就出嫁寶玉聽了出嫁二字不禁又嗐兩聲正不自在又聽襲人嘆道只從我來這幾年姊妹們都不得在一處如今我要回去了他們又都去了寶玉聽這話內有文章不覺吃一驚忙丟下栗子問道怎麼你如今要回去了襲人道我今兒聽見我媽和哥哥商議教我再耐煩一年明年他們上來就贖我出去呢寶玉聽了這話越發忙了因問爲什麼要贖你襲人道這話奇了我又比不得是你這裡的家生子兒我一家子都在別處獨我一個人在這裡怎麼是個了局寶玉道我不叫你去也難襲人道從來沒有這理便是朝廷宮裡也有定例或幾年一選幾年一入沒有長遠留下人的理別說你家寶玉想一想果然有理又道老太太不放你也難襲人道爲什麼不放我果然是個最難得的或者感動了老太太太太必不放我出去的設或多給我家幾兩銀子留下然或有之其實我也不過是個最平常的人比我強的多而且多自我從小兒來跟着老太太先伏侍了史大姑娘幾年如今又伏侍了你幾年如今我們家來贖正是該叫去的只怕連身價也不要就開恩叫我去呢若說爲伏侍得你好不叫我

去斷然没有的事那伏侍的得好分内應當的不是什麽奇功我去了仍舊又有好的了不是没了我就成不得的寶玉聽了這些話竟是有去的理無留的理心裡越發急了因又道雖然如此說我的一心要留下你不怕老太太不和你母親說多多給你母親些銀子他也不好意思接你了襲人道我媽自然不敢强且慢說和他好說又多給銀子就便不好和他說一個錢也不給安心要强留下我他也不敢不依但只是偺們家從没幹過這倚势仗貴霸道的事這比不得别的東西因為喜歡加十倍利弄了來給你那賣的人不得吃虧可以行得如今無故平空留下我於你又無益反教我們骨肉分離這件事老太太

太太斷不肯行的寶玉聽了思忖半晌乃說道依你說來說去是去定了襲人道去定了寶玉聽了自思道誰知這樣一個人這樣薄情無義呢乃嘆道早知道都是要去的我就不該弄了來臨了剩我一個孤鬼兒說着便賭氣上床睡了原來襲人在家聽見他母兄要贖他回去他就說至死也不回去的又說當日原是你們没飯吃就剩我還值幾兩銀子若不叫你們賣没有個看着老子娘餓死的理如今幸而賣到這個地方吃穿和主子一樣又不朝打暮駡况如今爹雖没了你們却又整理的家成業就復了元氣若果然還艱難把我贖上來再多掏摸幾個錢也還罷了其實又不能了這會子又贖我做什麽權當我

死了再不必起贖我的念頭因此哭鬧了一陣他母兄見他這般堅執自然必不出來的了況且原是賣倒的死契明伏著賈宅是慈善寬厚之家不過求一求只怕連身價銀一併賞了還是有的事呢二則賈府中從不曾作踐下人只有恩多威少的且凡老少房中所有親侍的女孩子們更比待家下衆人不同平常寒薄人家的小姐也不能那樣尊重的因此他母子兩個就死心不贖了次後忽然寶玉去了他二人又是那般景況他母子二人心中更明白了越發一塊石頭落了地而且是意外之想彼此放心再無贖念了且說襲人自幼見寶玉性格異常其淘氣憨頑自是出於衆小兒之外更有幾件千奇百怪口不

能言的毛病兒近來仗着祖母溺愛父母亦不能十分嚴緊拘管更覺放縱弛蕩任情恣性最不喜務正每欲勸時諒不能聽今日可巧有贖身之論故先用騙詞以探其情以壓其氣然後好下箴規今見寶玉默默睡去了知其情有不忍氣已餒墮自已原不想栗子吃只因怕爲酥酪生事又像那茜雪之茶是以假要栗子爲由混過寶玉不提就完了於是命小丫頭子們將栗子拿去吃了自己來推寶玉只見寶玉淚痕滿面襲人便笑道這有什麼傷心的你果然留我我自然不出去了寶玉見這話有因便說道你倒說說我還要怎麼留你我自己也難說襲人笑道偺們素日好處自不用說但今日你安心留我不在這

上頭我另說出三件事來你果然依了我我就是你真心留我了刀擱在脖子上我也是不出去的了寶玉忙笑道你說那幾件我都依你好姐姐好親姐姐別說兩三件就是兩三百件我也依的只求你們同看着我守着我等我有一日化成了飛灰飛灰還不好灰還有形有跡還有知識等我化成一股輕烟風一吹便散了的時侯你們也管不得我我也顧不得你們了那時凭我去我也凭你們愛那裡去就去了急得襲人忙握他的嘴說好好我正爲勸你這些更說的狠了寶玉忙說道再不說這話了襲人道這是頭一件要改的寶玉道改了再說你就擰嘴還有什麼襲人道第二件你真喜讀書也罷假喜也罷只在老爺跟前或在別人跟前你別只管批駁誚謗只作出個喜讀書的樣子來也叫老爺少生些氣在人前也好說嘴他心裡想着我家代代讀書只從有了你不承望你不但不喜讀書已經他心裡又氣又惱了而且背前面後亂說那些混話凡讀書上進的人你就起個名字叫做祿蠹又說只除明明德外無書都是前人自已不能解聖人之書便另出已意混編纂出來的這些話怎怨得老爺不氣不時時打你叫別人怎麼想你寶玉笑道再不說了那是我小時不知天高地厚信口胡說如今再不敢說了還有什麼襲人道再不可謗僧毁道調脂弄粉還有更要緊的一件事再不許吃人嘴上擦的胭脂了與那愛紅的毛病

兒寶玉道都改都改再有什麼快說襲人道再也沒有了只是百事檢點些不任意任情的就是了你若果然都依了便拿八人轎也抬不出我去了寶玉笑道你這裡長遠了不怕沒八人轎你坐襲人冷笑道這我可不希罕的有那個福氣沒有那個道理縱坐了也沒甚趣二人正說着只見秋紋走進來說三更天了該睡了方纔老太太打發嬤嬤來問我答應睡了寶玉命取表來看時果然針已指到亥正方從新盥漱寬衣安歇不在話下至次日清辰襲人起來便覺身體發重頭疼目脹四肢火熱先時還扎掙的住次後捱不住只要睡着因而和衣躺在炕上寶玉忙回了賈母傳醫胗視說道不過偶感風寒吃一兩劑

藥疏散疏散就好了開方去後令人取藥來煎好剛服下去命他盖上被窩握汗寶玉自去黛玉房中來看視彼時黛玉自在床上歇午丫鬟們皆出去自便滿屋內靜悄悄的寶玉揭起繡線軟簾進入裡間只見黛玉睡在那裡忙走上來推他道好妹妹纔吃了飯又睡覺將黛玉喚醒黛玉見是寶玉因說道你且出去逛逛我前兒鬧了一夜今兒還沒有歇過來渾身酸疼寶玉道酸疼事小睡出來的病大我替你解悶兒混過困去就好了黛玉只合着眼說道我不困只畧歇歇兒你且別處去鬧會子再來寶玉推他道我往那去呢見了別人就怪膩的黛玉聽了嗤的一聲笑道你既要在這裡那邊去老老實實的坐着偺

們說話兒寶玉道我也歪着黛玉道你就歪着寶玉道沒有枕頭偺們在一個枕頭上黛玉道放屁外面不是枕頭拿一個來枕着寶玉出至外間看了一看回來笑道那個我不要也不知是那個腌臢老婆子的黛玉聽了睜開眼起身笑道真真你就是我命中的天魔星請枕這一個說着將自已枕的推與寶玉又起身將自已的再拿了一個來自已枕了二人對面倒下黛玉因看見寶玉左邊腮上有鈕扣大小的一塊血漬便欠身湊近前來以手撫之細看又道這又是誰的指甲刮破了寶玉倒身一面躲一面笑道不是刮的只怕是纔剛替他們淘澄胭脂膏子濺上了一點兒說着便找手帕子要揩拭黛玉便用自

已的帕子替他揩拭了口內說道你又幹這些事了幹也罷了必定還要帶出幌子來便是舅舅看不見別人看見了又當奇事新鮮話兒去學舌討好吹到舅舅耳朶裡又大家不乾淨惹氣寶玉總未聽見這些話只聞得一股幽香却是從黛玉袖中發出聞之令人醉魂酥骨寶玉一把便將黛玉的衣袖拉住要瞧籠着何物黛玉笑道這等時候誰帶什麼香呢寶玉笑道旣如此這香是那裡來的黛玉道連我也不知道想必是櫃子裡頭的香氣衣服上燻染的也未可知寶玉搖頭道未必這香的氣味奇怪不是那些香餅子香毬子香袋子的香黛玉冷笑道難道我也有什麼羅漢真人給我些奇香不成便是得了奇香

也沒有親哥哥親兄弟弄了花兒朶兒霜兒雪兒替我炮製我有的是那些俗香罷了寶玉笑道凡我說一句你就拉上這些不給你個利害也不知道從今兒可不饒你了說着翻身起來將兩隻手呵了兩口便伸向黛玉膈肢窩內兩脇下亂撓黛玉素性觸癢不禁寶玉兩手伸來亂撓便笑的喘不過氣來口裏說寶玉你再鬧我就惱了寶玉方住了手笑問道你還說這些不說了黛玉笑道再不敢了一面理鬢笑道我有奇香你有煖香沒有寶玉見問一時解不來因問什麼煖香黛玉點頭笑嘆道蠢才蠢才你有玉人家就有金來配你人家有冷香你就沒有煖香去配寶玉方聽出來寶玉笑道方纔求饒如今更說狠

了說着又去伸手黛玉忙笑道好哥哥我可不敢了寶玉笑道饒便饒你只把袖子我聞一聞說着便拉了袖子籠在面上聞個不住黛玉奪了手道這可該去了寶玉笑道要去不能咱們斯斯文文的躺着說話兒說着復又倒下黛玉也倒下用手帕蓋上臉寶玉有一搭沒一搭的說些鬼話黛玉只不理寶玉問他幾歲上京路上見何景致古蹟揚州有何遺跡故事土俗民風黛玉不答寶玉只怕他睡出病來便哄他道噯喲你們揚州衙門裡有一件大故事你可知道黛玉見他說的鄭重又且正言厲色只當是真事因問什麼事寶玉見問便忍著笑順口謅道揚州有一座黛山山上有個林子洞黛玉笑道這就扯謊自

來也没有聽見這山寶玉道天下山水多着呢你那里知道這些不成等我說完了你再批評黛玉道你且說寶玉又謅道林子洞裡原來有一羣耗子精那一年臘月初七日老耗子升座議事說明日乃是臘八日世上人都熬臘八粥如今我們洞中菓品短少須得趁此打刼些來方好乃拔令箭一枝遣一能幹小耗前去打聽一巡小耗囘報各處察訪打聽已畢惟有山下廟裡菓米最多老耗問米有幾樣菓有幾品小耗道米豆成倉不可勝記菓品有五種一紅棗二栗子三落花生四菱角五香芋老耗聽了大喜卽時點耗前去乃拔令箭問誰去偷米一耗便接令去偷米又拔令箭問誰去偷豆又一耗接令去偷豆然

後一一的都各領令去了只剩香芋一種因又拔令箭問誰去偷香芋只見一個極小極弱的小耗應道我愿去偷香芋老耗並衆耗見他這樣恐不諳練又恐怯懦無力都不准他去小耗道我雖年小身弱却是法術無邊口齒伶俐機謀深遠此去管比他們偷得還巧呢衆耗忙問如何得比他們巧呢小耗道我不學他們直偷我只摇身一變也變成個香芋滾在香芋堆裡使人看不出聽不見却暗暗的用分身法搬運漸漸的就搬運盡了豈不比直偷硬取的巧些衆耗聽了都道妙却妙只是不知怎麼個變法你去先變個我們瞧瞧小耗聽了笑道這個不難等我變來說畢摇身說變竟變了一個最標緻美貌的一位

小姐衆耗忙笑說變錯了變錯了原說變菓子的如何變出小姐來小耗現形笑道我說你們沒見世面只認得這菓子是香芋卻不知鹽課林老爺的小姐纔是真正的香玉呢黛玉聽了翻身爬起來按着寶玉笑道我把你爛了嘴的我就知道你是編我呢說着便擰寶玉連連央告好妹妹饒我罷再不敢了我因爲聞見你的香氣忽然想起這個故典來黛玉笑道饒駡了人還說是故典呢一語未了只見寶釵走來笑問誰說故典呢我也聽聽黛玉忙讓坐笑道你瞧瞧還有誰他饒駡了還說是故典寶釵笑道原來是寶兄弟怪不得他他肚子裡的故典原多只是可惜一件凡該用故典之時他偏就忘了有今日記得

的前兒夜裡的芭蕉詩就該記得眼面前的倒想不起來見別人冷的那樣他急的只出汗這會子偏又有記性了黛玉聽了笑道阿彌陀佛倒底是我的好姐姐你一般也遇見對子了可知一還一報不爽不錯的剛說到這裡只聽寶玉房中一片聲吵嚷起來未知何事下回分解

紅樓夢第十九回終

紅樓夢第二十回

王熙鳳正言弾妬意　林黛玉俏語謔嬌音

話說寶玉在林黛玉房中說耗子精寶釵撞來諷刺寶玉元宵不知綠蠟之典三人正在房中互相譏刺取笑那寶玉正恐黛玉飯後貪眠一時存了食或夜間走了困皆非保養身體之法幸而寶釵走來大家談笑那林黛玉方不欲睡自已纔放了心忽聽他房中嚷起來大家側耳聽了一聽林黛玉先笑道這是你媽媽和襲人叫喚呢那襲人待他也罷了你媽媽再要認真排揚他可見老背晦了寶玉忙欲赶過去寶釵一把拉住道你別和你媽媽吵才是他老糊塗了倒要讓他一步爲是寶玉道我知道了說畢走來只見李嬤嬤拄着拐杖在當地罵襲人忘了本的小娼婦我擡舉你起來這會子我來了你大模大樣的躺在炕上見我也不理一理一心只想粧狐媚子哄寶玉哄得寶玉不理我只聽你們的話你不過是幾兩銀子買來的毛丫頭這屋裡你就作耗如何使得好不好拉出去配一個小子看你還妖精似的哄人不哄襲人先只道李嬤嬤不過爲他躺着生氣少不得分辯說病了纔出汗蒙着頭原没看見你老人家後來聽見他說哄寶玉又說配小子由不得又羞又委曲禁不住哭起來了寶玉雖聽了這些話也不好怎樣少不得替他分辯病了吃藥又說你不信只問別的丫頭們李嬤嬤聽了這話

越發氣起來了說道你只護着那起狐狸那裡還認得我了叫我問誰去誰不帮着你呢誰不是襲人拿下馬來的我都知道那些事我只和你在老太太太太跟前去講把你奶了這麼大到如今吃不着奶了把我丟在一旁逞着丫頭們要我的强一面說一面也哭起來彼時黛玉寶釵等也走過來勸道媽媽你老人家擔待他們些就完了李嬤嬤見他二人來了便訴委曲將當日吃茶茜雪出去與昨日酥酪等事撈撈叨叨說個不了可巧鳳姐正在上房算了輸贏賬聽得後面一片聲嚷動便知是李嬤嬤老病發了排揎寶玉的人正值他今兒輸了錢遷怒于人便連忙赶過來拉了李嬤嬤笑道媽媽別生氣大節下老

太太剛喜歡了一日你是個老人家別人吵嚷還要你管他們纔是難道你反不知規矩在這裡嚷起來叫老太太生氣不成你說誰不好我替你打他我家裡燒的滾熱的野鷄快跟我來吃酒去一面說一面拉着走又叫豐兒替你李奶奶拿着拐棍子擦眼淚的手帕子那李嬤嬤脚不沾地跟了鳳姐兒走了一面還說我也不要這老命了索性今兒沒了規矩鬧一場子討個沒臉强似受那娼婦的氣後面寶釵黛玉見鳳姐兒這般都拍手笑道虧他這一陣風來把個老婆子撮了去寶玉點頭歎道這又不知是那裡的賬只揀軟的欺負又不知是那個姑娘得罪了上在他賬上了一句未完晴雯在旁說道誰又不瘋了

得罪他做什麼便得罪了他就有本事承任不犯着帶累別人襲人一面哭一面拉着寶玉道爲我得罪了一個老奶奶你這會子又爲我得罪這些人這還不殼我受的還只是拉別人寶玉見他這般病勢又添了這些煩惱連忙忍氣吞聲安慰他仍舊睡下出汗又見他湯燒火熱自己守着他歪在旁邊勸他只養着病別想那些沒要緊的事生氣襲人冷笑道要爲這些事生氣屋裡一刻還留得了但只是天長日久只管如此吵鬧可叫人怎麼樣過呢你只顧一時爲我們得罪了人他們都記在心裡遇着坎兒說得好說不好聽大家什麼意思一面說一面禁不住流淚又怕寶玉煩惱只得又勉强忍着一時雜使的老婆子端了二和藥來寶玉見他纔有汗意不叫他起來便自己端着與他就枕上吃了卽令小丫鬟們鋪炕襲人道你吃飯不吃飯到底老太太太太跟前坐一會子和姑娘們頑一會子再回來我就靜靜的躺一躺也好寶玉聽說只得依他去了簪環看他躺下自往上房來同賈母吃飯飯畢賈母猶欲同那幾個老管家的嬤嬤鬭牌寶玉記着襲人便回至房中見襲人朦朦睡去自己要睡天氣尚早彼時晴雯綺霞秋紋碧痕都尋熱鬧找鴛鴦琥珀等耍戲去了見麝月一人在外間房裡燈下抹骨牌寶玉笑道你怎麼不同他們去麝月道沒有錢寶玉道床底下堆着那些還不殼你輸的麝月道都頑去了這屋子交給誰

呢那一個又病了滿屋裡上頭是燈下頭是火那些老婆子們都老天拔地服侍了一天也該叫他歇歇小丫頭們也服侍了一天這會子還不叫他們頑頑去所以我在這裡看着寶玉聽了這話公然又是一個襲人因笑道我在這裡坐着你放心去罷麝月道你既在這裡越發不用去了咱們兩個說話頑笑豈不好寶玉道咱們兩個做什麽呢怪沒意思的也罷了早上你說頭癢這會子沒什麽事我替你篦頭罷麝月聽了便道就是這樣說着將文具鏡匣搬將來卸去釵釧打開頭髮寶玉拿了篦子替他一一梳篦只篦了三五下見晴雯忙忙走進來取錢一見了他兩個便冷笑道哦交杯盞還沒吃倒上了頭了寶玉笑道你來我也替你篦一篦晴雯道我沒這麽樣大福說着拿了錢便摔了簾子出去了寶玉在麝月身後麝月對鏡二人在鏡內相視寶玉便向鏡內笑道滿屋裡就只是他磨牙麝月聽說忙向鏡中擺手寶玉會意忽聽唿一聲簾子響晴雯又跑進來問道我怎麽磨牙了咱們倒得說說麝月笑道你去你的罷何苦來問人了晴雯笑道你又護着你們那瞞神弄鬼的我都知道等我撈回本兒來再說話說着一徑出去了這裡寶玉通了頭命麝月悄悄的伏侍他睡下不肯驚動襲人一宿無話次日清晨起來襲人已是夜間發了汗覺得輕省了些只吃些米湯靜養寶玉放了心因飯後走到薛姨媽這邊來閑逛彼時正

月內學房中放年學閨閣中忌針黹都是閒時因賈環也過來頑正遇見寶釵香菱鶯兒三個赶圍棋作耍賈環見了也要頑寶釵素昔看他也如寶玉並沒他意今兒聽他要頑讓他上來坐了一處頑一磊十個錢頭一回自已贏了心中十分歡喜誰知後來接連輸了幾盤便有些着急赶着這盤正該自已擲骰子若擲個七點便贏若擲個六點亦該贏鶯兒擲三點就輸了因拿起骰子來狠命一擲一個坐定了五那一個亂轉鶯兒拍着手只叫么賈環便瞪着眼六七八混叫那骰子偏生轉出么來賈環急了伸手便抓起骰子然後就拿錢說是個六點鶯兒便說分明是個么寶釵見賈環急了便瞅鶯兒說道越大越沒

規矩難道爺們還賴你還不放下錢來呢鶯兒滿心委曲見寶釵說不敢出聲只得放下錢來口內嘟囔說一個做爺們還賴我們這幾個錢連我也不放在眼裡前兒和寶二爺頑他輸了那些也沒着急下剩的錢還是幾個小丫頭子們一搶他一笑就罷了寶釵不等說完連忙喝住了賈環道我拿什麼比寶玉你們怕他都和他好都欺負我不是太太養的說着便哭寶釵忙勸他好兄弟快別說這話人家笑話你又罵鶯兒正值寶玉走來見了這般形况問是怎麼了賈環不敢則聲寶釵素知他家規矩凡做兄弟的怕哥哥却不知那寶玉是不要人怕他的他想着兄弟們一併都有父母教訓何必我多事反生疎了况

且我是正出他是庶出饒這樣看待還有人背後談論還禁得轄治了他更有個獃意思存在心裡你道是何獃意因他自幼姐妹叢中長大親姊妹有元春叔伯的有迎春惜春親戚中又有史湘雲林黛玉薛寶釵等人他便料定天地靈淑之氣只鍾於女子男兒們不過是些渣滓濁沫而已因此把一切男子都看成濁物可有可無只是父親伯叔兄弟之倫因是聖人遺訓不敢違忤只得聽他幾句所以弟兄之間不過盡其大概的情理就罷了並不想自已是男子須要為子弟之表率是以賈環等都不怕他却怕賈母纔讓他三分現今寶釵生怕寶玉教訓他倒沒意思便連忙替賈環掩飾寶玉道大正月裡哭什麽這

裡不好到別處頑去你天天念書倒念糊塗了譬如這件東西不好橫豎那一件好就捨了這件取那件難道你守着這件東西哭會子就好了不成你原來是取樂的倒招的自已煩惱不如快去呢賈環聽了只得回來趙姨娘見他這般因問是那裡墊了端窩來了賈環便說同寶姐姐頑來着鶯兒欺負我賴我的錢寶玉哥哥攆我來了趙姨娘啐道誰叫你上高抬擧了下流沒臉的東西那裡頑不得誰叫你跑了去討這沒意思正說着可巧鳳姐在窗外過都聽在耳內便隔窗說道大正月裡怎麽了兄弟們小孩子家一半點兒錯了你只教導他說這樣話做什麽憑他怎麽去還有太太老爺管他呢就大口家啐他他

現是主子不好橫竪有教導他的人與你什麽相干環兒弟出來跟我頑去賈環素日怕鳳姐比怕王夫人更甚聽見叫他忙的出來趙姨娘也不敢出聲鳳姐向賈環說道你也是個沒性氣的東西時常說給你要吃要喝要頑要笑你愛同那一個姐姐妹妹哥哥嫂子頑就同那個頑你總不聽我的話反教這些人教的歪心邪意狐媚子霸道的自已又不尊重要往下流裡走安着壞心還只怨人家偏心呢輸了幾個錢就這麽樣兒因問賈環你輸了多少錢賈環見問只得諾諾的說道輸了一二百錢鳳姐道虧你還是爺們輸了一二百錢就這樣回頭叫豐兒去取一吊錢來姑娘們都在後頭頑呢把他送了頑去你明兒再這樣下流狐媚子我先打了你再叫人告訴學裡皮不揭了你的為你這不尊重你哥哥恨得牙癢癢不是我攔着窩心脚把你的腸子窩出來呢喝令去罷賈環諾諾的跟了豐兒得了錢自去和迎春等頑去不在話下且說寶玉正和寶釵頑笑忽見人說史大姑娘來了寶玉聽了抬身就走寶釵笑道等着偺們兩個一齊走瞧瞧他去說着下了炕同寶玉來至賈母這邊只見史湘雲大笑大說的見了他兩個忙問好厮見正值林黛玉在旁因問寶玉在那裡來寶玉便說在寶姐姐家來黛玉冷笑道我說呢虧在那裡絆住不然早就飛了來了寶玉道只許同你頑替你解悶兒不過偶然去他那裡一遭就說這話黛

玉道好没意思的話去不去管我什麼事又没叫你替我解悶兒可許你從此不理我呢說着便賭氣回房去了寶玉忙跟了來問道好好的又生氣了就是我說錯句話你到底也還坐在那裡和別人說笑一會子又自巳來納悶黛玉道你管我呢寶玉笑道我自然不敢管你只是你自巳作踐了身子呢黛玉道我作踐了我的身子我死我的與你何干寶玉道何苦來大正月裡死了活了的黛玉道偏說死我這會子就死你怕死你長命百歲的何如寶玉笑道要像只管這樣的鬧我還怕死呢倒不如死了干淨黛玉忙道正是了要是這樣鬧不如死了干淨寶玉道我說自家死了干净别錯聽了話賴人正說着寶釵走

來說史大妹妹等你呢說着便推寶玉走了這裡黛玉越發氣悶只向窗前流淚没兩盞茶時寶玉仍來了黛玉見了越發抽抽噎噎的哭個不住寶玉見了這樣知難挽回打疊起千百樣的款語温言來勸慰不料自巳未張口只聽黛玉先說道你又來作什麼死活憑我去罷了橫竪如今有人和你頑耍比我又會念又會作又會寫又會說會笑又怕你生氣拉了你去你又來作什麼寶玉聽了忙上前悄悄的說道你這個明白人難道連親不隔踈後不僭先也不知道我雖糊塗却明白這兩句話頭一件偺們是姑舅姊妹寶姐姐是兩姨姊妹論親戚他比你踈第二件你先來偺們兩個一桌吃一床睡自小兒一處長大

的他是纔來的豈有個爲他踈你的黛玉啐道我難道叫你踈他我成了什麼人了呢我爲的是我的心寶玉道我也爲的是我的心你的心難道就知道你的心不知道我的心不成黛玉聽了低頭不語半日說道你只怨人行動嗔怪你了你再不知道你自巳慪人難受就拿今日天氣比分明今兒冷些怎麼你倒脫了青肷披風呢寶玉笑道何嘗不穿着見你一惱我一暴燥就脫了黛玉歎道回來傷了風又該餓着吵吃的了二人正說着只見湘雲走來笑道愛哥哥林姐姐你們天天一處頑我好容易來了也不理我一理兒黛玉笑道偏是咬舌子愛說話連個二哥哥也叫不上來只是愛哥哥愛哥哥的回來趕圍棋兒又該你鬧么愛三了寶玉笑道你學慣了明兒連你還咬起來呢湘雲道他再不放人一點兒專挑人的不是你自巳便比世人好也不犯着見一個打趣一個我指出一個人來你敢挑他麼我就服你黛玉便問是誰湘雲道你敢挑寶姐姐的短處就算你是個好的黛玉聽了冷笑道我當是誰原來是他我那裡敢挑他呢寶玉不等說完忙用話分開湘雲笑道這一輩子我自然比不上你我只保佑着明兒得一個咬舌兒林姐夫時時刻刻你可聽愛呀厄的去阿彌陀佛那時纔現在我眼裡呢說的衆人一笑湘雲忙回身跑了要知端詳且聽下回分解

紅樓夢第二十回

紅樓夢第二十一回

賢襲人嬌嗔箴寶玉　俏平兒軟語救賈璉

話說史湘雲跑了出來怕林黛玉趕上寶玉在後忙說絆倒了那裡就趕上了林黛玉趕到門前被寶玉叉手在門框上攔住笑道饒他這一遭兒罷林黛玉拉着手說道我要饒了雲兒再不活着湘雲見寶玉攔着門料黛玉不能出來便立住脚笑道好姐姐饒我這遭兒罷却值寶釵來在湘雲身背後也笑道我勸你兩個看寶兄弟面上都丟開手罷黛玉道我不依你們是一氣的都戲弄我不成寶玉勸道誰敢戲弄你你不打趣他他焉敢說你四人正難分解有人來請吃飯方往前邊來那天已

掌燈時分王夫人李紈鳳姐迎春探春惜春姊妹等都往賈母這邊來大家閒話了一回各自歸寢湘雲仍往黛玉房中安歇寶玉送他二人到房那天已二更多時襲人來催了幾次方回自己房中來睡次早天方明時便披衣靸鞋往黛玉房中來却不見紫鵑翠縷二人只有他姊妹兩個尚卧在衾內那黛玉嚴嚴密密裹着一幅杏子紅綾被安穩合目而睡那史湘雲却一把青絲拖于枕畔被只齊胸一灣雪白的膀子撂於被外又帶着兩個金鐲子寶玉見了歎道睡覺還是不老實回來風吹了又嚷肩窩疼了一面說一面輕輕的替他蓋上林黛玉早已醒了覺得有人就猜着定是寶玉因翻身一看果不出所料因說

道這早晚就跑過來作什麼寶玉說這早晚還早呢你起來瞧瞧黛玉道你先出去讓我們起來寶玉出至外間黛玉起來叫醒湘雲二人都穿了衣裳寶玉復又進來坐在鏡臺旁邊只見紫鵑雪雁進來伏侍梳洗湘雲洗了臉翠縷便拿殘水要潑寶玉道站着我趂勢洗了就完了省得又過去費事說着便走過來灣腰洗了兩把紫鵑遞過香皂去寶玉道這盆裡就不少不用搓了再洗了兩把便要手巾翠縷道還是這個毛病兒多早晚纔改呢寶玉也不理他忙忙的要青鹽擦了牙漱了口完畢見湘雲已梳完了頭便走過來笑道好妹妹替我梳上頭湘雲道這可不能了寶玉笑道好妹妹你先時怎麼替我梳了呢湘雲道如今我忘了怎麼梳呢寶玉道橫竪我不出門又不戴冠子勒子不過打幾根辮子就完了說着又千妹妹萬妹妹的央告湘雲只得扶過他的頭來一一梳篦在家不戴冠子並不總角只將四圍短髮編成小辮往頂心髮上歸了總編一根大辮紅縧結住自髮頂至辮梢一路四顆珍珠下面有金墜脚湘雲一面編着一面說道這珠子只三顆了這一顆不是的我記得是一樣的怎麼少了一顆寶玉道丟了一顆湘雲道必定是外頭去掉下來不防被人揀了去倒便宜他黛玉傍邊冷笑道也不知是眞丟也不知是給了人鑲什麼戴去了寶玉不答因鏡臺兩邊都是粧奩等物順手拿起來賞玩不覺順手拈了胭脂

意欲往戶邊送又怕湘雲說正猶豫間湘雲在身後伸過手來啪的一下將胭脂從他手中打落說道不長進的毛病兒多早纔改一語未了只見襲人進來見這光景知是梳洗過了只得回來自已梳洗忽見寶釵走來因問寶兄弟那裏去了襲人冷笑道寶兄弟那裡還有在家的工夫寶釵聽說心中明白又聽襲人歎道姊妹們和氣也有個分寸禮節也沒個黑家白日鬧的憑人怎麼勸都是耳旁風寶釵聽了心中暗忖道倒別看錯了這個丫頭聽他說話倒有些識見寶釵便在炕上坐了慢慢的閒言中套問他年紀家鄉等語留神窺察其言語志量深可敬愛一時寶玉來了寶釵方出去寶玉便問襲人道怎麼寶姐

姐和你說的這麼熱鬧見我進來就跑了問一聲不答再問時襲人方道你問我麼我那裡知道你們的原故寶玉聽了這話見他臉上氣色非往日可比便笑道怎麼又動了真氣了襲人冷笑道我那裡敢動氣只是你從今別進這屋子了橫豎有人伏侍你再不必來支使我我仍舊還伏侍老太太去一面說一面便在炕上合眼倒下寶玉見了這般景況深為駭異禁不住趕來勸慰那襲人只管合着眼不理寶玉無了主意因見麝月進來便問道你姐姐怎麼了麝月道我知道麼問你自已便明白了寶玉聽說呆了一回自覺無趣便起身嘆道不理我罷我也睡去說着便起身下炕到自已床上睡下襲人聽他半日無

動靜微微的打鼾料他睡着便起來拿一領斗蓬來替他蓋上只聽唿的一聲寶玉便掀過去仍合目妝睡襲人明知其意便點頭冷笑道你也不用生氣從此後我也只當啞了再不說你一聲何如寶玉禁不住起身問道我又怎麽了你又勸我你勸也罷了剛纔又沒勸我一進來你就不理我賭氣睡了我還摸不着是爲什麽這會子你又說我惱了我何嘗聽見你勸我的是什麽話兒襲人道你心裡還不明白還等我說呢正鬧着賈母遣人來叫他吃飯方往前邊來胡亂吃了幾碗飯仍回至自已房中只見襲人睡在外頭炕上麝月在旁抹骨牌寶玉素知麝月與襲人親厚一並連麝月也不理揭起軟簾自往裡間來麝月只得跟進來寶玉便推他出去說不敢驚動你們麝月只得笑着出來喚兩個小丫頭進來寶玉拿一本書歪着看了半天因要茶抬頭只見兩個小丫頭在地下站着一個大些的生得十分清秀寶玉便問你叫什麽名字那丫頭答道叫蕙香寶玉又問是誰起的這個名字蕙香道我原叫芸香是花大姐姐改的寶玉道正經該叫晦氣罷咧什麽蕙香呢又問你姊妹幾個蕙香道四個寶玉道你第幾個蕙香道第四寶玉道明日就叫四兒不必什麽蕙香蘭氣的那一個配比這些花沒的玷辱了好名好姓的一面說一面命他倒了茶來吃襲人和麝月在外間聽了半日抿嘴兒笑這一日寶玉也不出房門自已悶悶

的只不過拿書解悶或弄筆墨也不使喚衆人只叫四兒答應誰知這個四兒是個乖巧不過的丫頭見寶玉用他他便變盡方法籠絡寶玉至晚飯後寶玉因吃了兩杯酒眼餳耳熱之餘若往日則有襲人等大家喜笑有興今日却冷清清的一人對燈好沒興趣待要赶了他們去又怕他們得了意已後越來勸了若拿出作上人的模樣鎮唬他們似乎無情太甚說不得橫了心只當他們死了橫竪自家也要過的便權當他們死了毫無牽掛反能怡然自悅因命四兒剪燭烹茶自己看了一回南華經至外篇胠篋一則其文曰故絕聖棄智大盜乃止擿玉毀珠小盜不起焚符破璽而民朴鄙剖斗折衡而民不爭殫殘天

下之聖法而民始可與論議擢亂六律鑠絕竽瑟塞瞽曠之耳而天下始人含其聰矣滅文章散五彩膠離朱之目而天下始人含其明矣毀絕鉤繩而棄規矩攦工倕之指而天下始人含其巧矣看至此意趣洋洋趁着酒興不禁提筆續曰焚花散麝而閨閣始人含其勸矣戕寶釵之仙姿灰黛玉之靈竅喪滅情意而閨閣之美惡始相類矣彼含其勸則無參商之虞矣戕其仙姿無戀愛之心矣灰其靈竅無才思之情矣彼釵玉花麝者皆張其羅而穴其隧所以迷眩纏陷天下者也續畢擲筆就寢頭剛着枕便忽然睡去一夜竟不知所之直至天明方醒翻身看時只見襲人和衣睡在衾上寶玉將昨日的事已付之度外

便推他說道起來好生睡着看凍了原來襲人見他無曉夜和姊妹廝鬧若眞勸他料不能改故用柔情以警之料他不過半日片刻仍復好了不想寶玉一日夜竟不回轉自己反不得主意直一夜没好生睡今忽見寶玉如此料是他心意回轉便索性不採他寶玉見他不應便伸手替他解衣剛解開了鈕子被襲人將手推開又自扣了寶玉無法只得拉他的手笑道你到底怎麼了連問幾聲襲人睜眼說道我也不怎麼你睡醒了你自過那邊房裡去梳洗再遲了就趕不上了寶玉道我過那裡去襲人冷笑道你問我我知道嗎你愛過那裡去就過那裡去從今偺們兩個丟開手省得鷄生鵝鬬叫別人笑橫竪那邊膩

了過來這邊又有個什麼四兒五兒伏侍我們這起東西可是白玷辱了好名好姓的寶玉笑道你今兒還記着呢襲人道一百年還記着呢比不得你拿着我的話當耳旁風夜裡說了早起就忘了寶玉見他嬌嗔滿面情不可禁便向枕邊拿起一根玉簪來一跌兩段說道我再不聽你說就同這簪一樣襲人忙的拾了簪子說道大早起這是何苦來聽不聽什麼要緊也值得這個樣子寶玉道你那裡知道我心裡急襲人笑道你也知道着急麼可知我心裡怎麼樣快起來洗臉去罷說着二人方起來梳洗寶玉往上房去後誰知黛玉走來見寶玉不在房中因翻弄案上書看可巧便翻出昨兒的莊子來看見寶玉所續

之處不覺又氣又笑不禁也題筆續一絕云

無端弄筆是何人　剿襲南華莊子文
不悔自家無見識　却將醜語詆他人

題畢也往上房來見賈母後往王夫人處來誰知鳳姐之女大姐兒病了正亂着請大夫胗脉大夫說替夫人奶奶們道喜姐兒發熱是見喜了並非別症王夫人鳳姐聽了忙遣人問可好不好大夫回道症雖險却順倒還不妨預備桑蟲猪尾要緊鳳姐聽了登時忙將起來一面打掃房屋供奉痘疹娘娘一面傳與家人忌煎炒等物一面命平兒打點鋪蓋衣服與賈璉隔房一面又拿大紅尺頭與奶子丫頭親近人等裁衣外面又打掃淨室款留兩位醫生輪流斟酌胗脉下藥十二日不放家去賈璉只得搬出外書房來安歇鳳姐與平兒都隨王夫人日日供奉娘娘那賈璉只離了鳳姐便要尋事獨寢了兩夜十分難熬只得暫將小廝內清俊的選來出火不想榮國府內有一個極不成材破爛酒頭厨子名喚多官人見他懦弱無能都喚他作多渾虫因他父母給他娶了一個媳婦今年方二十歲也有幾分人材又兼生性輕薄最喜拈花惹草多渾虫又不理論只是有酒有肉有錢便諸事不管了所以寧榮二府之人都得入手因這媳婦妖調異常輕浮無比衆人都呼他作多姑娘兒如今賈璉在外熬煎往日也見過這媳婦垂涎久了只是內懼嬌妻

外懼孌童不曾下得手那多姑娘兒也有意于賈璉只恨没空今聞賈璉挪在外書房來他便没事也要走三四輌去招惹賈璉似饑鼠一般少不得和心服的小厮們計議多以金帛相許焉有不允之理况都和這媳婦是舊友一說便成是夜多渾虫醉倒在炕二鼓人定賈璉便溜進來相會一見面早已神魂失據也不及情談欵叙便寬衣動作起來誰知這媳婦有天生的奇趣一經男子挨身便覺遍體筋骨癱軟使男子如卧綿上更兼淫態浪言壓倒娼妓賈璉此時恨不得渾身化在他身上那媳婦故作浪語在下說道你家女兒出花兒供着娘娘你也該忌兩日倒爲我腌臢了身子快離了我這裏罷賈璉一面大動

一面喘吁吁答道你就是娘娘那裡還管什麽娘娘那媳婦越浪起來賈璉不禁醜態畢露一時事畢兩個又盟山誓海難捨難分自此後遂成相契一日大姐毒盡瘢回十二日後送了娘娘合家祭天祀祖宗還愿焚香慶賀放賞已畢賈璉仍復搬進卧室見了鳳姐正是俗語云新婚不如遠别更有無限恩愛自不必細說次日早起鳳姐往上屋裡去後平兒收拾外邊拿進來的衣服鋪蓋不承望枕套中抖出一綹青絲來平兒會意忙藏在袖内便走至這邊房内拿出頭髮來向賈璉笑道這是什麽賈璉一見連忙搶上來要奪平兒便跑被賈璉一把揪住按在炕上從手中來奪平兒笑道你是没良心的我好意瞞着他

來問你你倒賭狠等他回來我告訴了看你怎麼樣賈璉聽說忙陪笑央求道好人你賞我罷我再不敢賭狠了一語未了只聽鳳姐聲音進來賈璉聽見鬆了不是搶又不是只叫好人別叫他知道平兒纔起身鳳姐已走進來命平兒快開匣子替太太找樣子平兒忙答應了找時鳳姐見了賈璉忽然想起來便問平兒前日拿出去的東西都收進來沒有平兒道收進來了鳳姐道可少什麼沒有平兒道細細查了並沒少一件兒鳳姐又道可多什麼沒有平兒笑道不少就罷了怎麼還有得多出來鳳姐又笑道這個半月難保干凈或者有相厚的丟下的東西戒指汗巾等物亦未可定一席話說的賈璉臉都黃了在鳳

姐身背後只望着平兒殺鷄抹脖使眼色求他遮蓋平兒只作看不見因笑道怎麼我的心就和奶奶一樣我就怕有這樣的留神搜了一搜竟一點破綻也沒有奶奶不信親自搜一搜鳳姐笑道傻丫頭他便有這些東西那裡就叫偺們搜着說着拿了樣子去了平兒指着鼻子搖着頭兒笑道這件事你該怎麼謝我呢喜的賈璉眉開眼笑跑過來摟着心肝腸兒肉兒亂叫平兒手裡拿着頭髮笑道這是一輩子的把柄兒好就好不好偺們就抖出這個來賈璉笑着央告道你好生收着罷千萬可別叫他知道口裡說着瞅他不隄防一把便搶過來笑道你拿着終是禍胎不如我燒了就完了事了一面說一面掖在靴掖

子內平兒咬牙道沒良心的過了河兒就拆橋明兒還想我替你撒謊呢賈璉見他嬌俏動情便摟着求歡平兒奪手跑了出來急的賈璉灣着腰恨道死促狹小娼婦兒一定浪上人的火來他又跑了平兒在牕外笑道我浪我的誰叫你動火難道圖你受用叫他知道了又不代見我呀賈璉道你不用怕他等我性子上來把這醋罐子打個稀爛他纔認得我呢他防我像防賊似的只許他同男子說話不許我和女人說話我和女人說話畧近些他就疑惑他不論小叔子侄兒大的小的說說笑笑就不怕我吃醋了巳後我也不許他見人平兒道他醋你使得你醋他使不得他原行的正走的正你行動便有壞心連我也

不放心別說他呀賈璉道你兩個一口賊氣都是你們行得是我凡行動都存壞心多早晚纔叫你們都死在我手裏呢一句未了鳳姐走進院來因見平兒在牕外就問道要說話怎麼不在屋裡跑出來隔着牕子是什麼意思賈璉在內接嘴道你可問他倒像屋裡有老虎吃他呢平兒道屋裡一個人沒有我在他跟前作什麼鳳姐笑道正是沒人纔好呢平兒聽說便道這話是說我麽鳳姐便笑道不說你說誰平兒道別叫我說出好話來了說着也不打簾子一徑往那邊去了鳳姐自掀簾子進來說道平兒丫頭瘋魔了這蹄子認眞要降伏起我來了仔細你的皮要緊賈璉聽了倒在炕上拍手笑道我竟不知平兒這

麽利害從此倒服了他了鳳姐道都是你興的他我只和你算賬就完了賈璉聽了啐道你兩個不睦又拿我來墊喘兒我躲開你們鳳姐道我看你躲到那裡去賈璉道我有處去說着就走鳳姐道你别走我有話和你説呢不知何事且聽下回分解

紅樓夢第二十一回終

紅樓夢第二十二回

聽曲文寶玉悟禪機　製燈謎賈政悲讖語

話說賈璉聽鳳姐兒說有話商量因止步問是何話鳳姐道二十一是薛妹妹的生日你到底怎麼樣賈璉道我知道怎麼樣你連多少大生日都料理過了這會子倒沒有主意了鳳姐道大生日是有一定的則例如今他這生日大又不是小又不是所以和你商量賈璉聽了低頭想了半日道你竟糊塗了現有比例那林妹妹就是例往年怎麼給林妹妹做的如今也照依給薛妹妹做就是了鳳姐聽了冷笑道我難道這個也不知道我原也這麼想定了但昨日聽見老太太說問起大家的年紀

生日來聽見薛大妹妹今年十五歲雖不是整生日也算得將笄之年老太太說要替他做生日自然與往年給林妹妹的不同了賈璉道既如此就比林妹妹的多增些鳳姐道我也這麼想着所以討你的口氣我若私自添了東西你又怪我不告訴明白你了賈璉笑道罷罷這空頭情我不領你不盤察我就彀了我還怪你說着一徑去了不在話下且說史湘雲住了兩日因要回去賈母因說等過了你寶姐姐的生日看了戲再回去史湘雲聽了只得住下又一面遣人回去將自己舊日作的兩件針線活計取來為寶釵生辰之儀誰想賈母自見寶釵來了喜他穩重和平正值他纔過第一個生辰便自己蠲資二十兩

喚了鳳姐來交與他備酒戲鳳姐奏趣笑道一個老祖宗給孩子們做生日不拘怎樣誰還敢爭又辦什麼酒席既高興要熱鬧就說不得自己花費幾兩老庫裡的體己這早晚找出這霉爛的二十兩銀子來做東意思還叫我們賠上果然拿不出來也罷了金的銀的圓的扁的壓塌了箱子底只是累掯我們舉眼看看誰不是你老人家的兒女難道將來只有寶兄弟頂你老人家上五臺山不成那些東西只留與他我們如今雖不配使也別苦了我們這個彀酒的彀戲的說的滿屋裡都笑起來賈母亦笑道你們聽聽這嘴我也算會說的了怎麼說不過這猴兒你婆婆也不敢強嘴你就和我哪阿哪的鳳姐笑道我婆

婆也是一樣的疼寶玉我也沒處去訴寃倒說我強嘴說着又引賈母笑了一會賈母十分喜悅到晚上衆人都在賈母前定省之餘大家娘兒姊妹等說笑時賈母因問寶釵愛聽何戲愛吃何物寶釵深知賈母年老人喜熱鬧戲文愛吃甜爛之物便總依賈母素喜者說了一遍賈母更加歡喜次日先送過衣服玩物去王夫人鳳姐黛玉等諸人皆有隨分的不須細說至二十一日就賈母內院搭了家常小巧戲臺定了一班新出小戲崑弋兩腔俱有就在賈母上房擺了幾席家宴酒席並無一個外客只有薛姨媽史湘雲寶釵是客餘者皆是自己人這日早起寶玉因不見林黛玉便到他房中來尋只見黛玉歪在炕上

寶玉笑道起來吃飯去就開戲了你愛聽那一齣我好點黛玉冷笑道你既這樣說你就特叫一班戲揀我愛的唱與我聽這會子犯不上借着光兒問我寶玉笑道這有什麼難的明兒就這樣行也叫他們借着偺們的光兒一面說一面拉他起來攜手出去吃了飯點戲時賈母一面先叫寶釵點寶釵推讓一遍無法只得點了一折西遊記賈母自是歡喜然後便命鳳姐點鳳姐雖有王夫人在前但因賈母之命不敢違拗且知賈母喜熱鬧更喜謔笑科諢便先點了一齣却是劉二當衣賈母果真更又喜歡然後便命黛玉點黛玉又讓王夫人等先點賈母道今兒原是我特帶着你們取樂偺們只管偺們的別理他們我

巴巴的唱戲擺酒為他們不成他們在這裡白聽白吃已經便宜了還讓他們點戲呢說着大家都笑黛玉方點了一齣然後寶玉史湘雲迎春探春惜春李紈等俱各點了按齣扮演至上酒席時賈母又命寶釵點寶釵點了一齣魯智深醉鬧五台山寶玉道你只好點這些戲寶釵道你白聽了這幾年戲那裡知道這齣戲的好處排場又好詞藻更妙寶玉道我從來怕這些熱鬧戲寶釵笑道要說這一齣熱鬧還筭你不知戲呢你過來我告訴你這一齣戲是一套北點絳唇鏗鏘頓挫那音律不用說是好的了只那詞藻中有一隻寄生草填得極妙你何曾知道寶玉見說的這般好便湊近來央告好姐姐念與我聽聽寶

釵便念道

漫揾英雄淚相離處士家謝慈悲剃度在蓮臺下沒緣法轉眼分離乍赤條條來去無牽掛那裡討烟簑雨笠捲單行一任俺芒鞋破鉢隨緣化

寶玉聽了喜的拍膝搖頭稱賞不已又讚寶釵無書不知林黛玉道安靜看戲罷還沒唱山門你就粧瘋了說的湘雲也笑了於是大家看戲到晚方散賈母深愛那做小旦的與一個做小丑的因命人帶進來細看時一發可憐見因問年紀那小旦纔十一歲小丑纔九歲大家歎息了一回賈母令人另拿些肉菓與他兩個又另賞錢兩吊鳳姐笑道這個孩子扮上活像一個人你們再看不出寶釵心內也知道只點點頭不說寶玉也點了點頭亦不敢說史湘雲便接口道到像林姐姐的模樣寶玉聽了忙把湘雲瞅了一眼使個眼色眾人聽了這話留神細看都笑起來了說果然像得狠一時散了晚間湘雲便命翠縷把衣包收拾了翠縷道忙什麼等去的那日包也不遲湘雲道明早就走還在這裡做什麼看人家的嘴臉寶玉聽了這話忙近前說道好妹妹你錯怪了我林妹妹是個多心的人別人分明知道不肯說出來也皆因怕他惱誰知你不防頭就說了出來他豈不惱我怕你得罪了人所以纔使眼色你這會子惱了我豈不辜負了我若是別個那怕他得罪了十個人與我何干呢

湘雲摔手道你那花言巧語別望着我說我也原不如你林妹妹別人拿他取笑都使得只我說了就有不是我原不配說他他是主子小姐我是奴才丫頭得罪了他了寶玉急的說道我倒是為你為出不是來了我要有壞心立刻化成灰教萬人踐踏湘雲道大正月裏少信口胡說這些沒要緊的惡誓散語歪話說給那些小性兒行動愛惱人會轄治你的人聽去別叫我啐你說着至賈母裏間屋裏忿忿的躺着去了寶玉沒趣只得又來尋黛玉誰知纔進門便被黛玉推出來將門關上了寶玉又不解何故在窗外只是低聲叫好妹妹黛玉總不理他寶玉悶悶的垂頭不語襲人早知端的當此時再不能勸那寶玉只

呆呆的站着黛玉只當他回去了却開了門只見寶玉還站在那裡黛玉不好再閉門寶玉因隨進來問道凡事都有個緣故說來人也不委曲好好的就惱了到底是為什麼起黛玉冷笑道問的我倒好我也不知為什麼我原是給你們取笑的拿着我比戲子給眾人取笑寶玉道我並沒有比你也並沒有笑你為什麼惱我呢黛玉道你還要比你還要笑你不比不笑比人家比了笑了的還利害呢寶玉聽說無可分辯黛玉又道這一節還可恕再者你為什麼又和雲兒使眼色這安的是什麼心莫不是他和我頑他就自輕自賤了他是公侯的小姐我原是貧民家的丫頭他和我頑設如我回了口豈不是他自惹輕賤

你是這個主意不是你却也是好心只是那一個不領你的情
一般也惱了你又拿我作情倒說我小性兒行動肯惱人你又
怕他得罪了我我惱他與你何干他得罪了我又與你何干寶
玉聽了知方纔與湘雲私談他也聽見了細想自已原爲怕他
二人生隙故在中間調停不料自已反落了兩處的貶謗正與
前日所看南華經內巧者勞而智者憂無能者無所求蔬食而
遨遊汎若不繫之舟又曰山木自寇源泉自盜等句因此越想
越無趣再細想來如今不過這幾個人尚不能應酬妥協將來
猶欲何爲想到其間也無庸分辯自已轉身回房林黛玉見他
去了便知回思無趣賭氣去了一言也不曾發不禁自已越添

了氣便說這一去一輩子也別來了也別說話那寶玉不理竟
回來躺在床上只是悶悶的襲人深知原委不敢就說只得
以他事來解說因笑道今兒看了戲又勾出幾天戲來寶姑娘
一定要還席呢寶玉冷笑道他還不還與我什麼相干襲人見
這話不似往日口吻因又笑道這是怎麼說好好的大正月裡
娘兒們姊妹們都喜喜歡歡你又怎麼這個行景了寶玉冷笑
道他們娘兒們姊妹們歡喜不歡喜也與我無干襲人笑道他
們隨和你也隨和些豈不喜歡寶玉道什麼大家彼此他們有
大家彼此我只是赤條條無牽掛的言及此句不覺淚下襲人
見此景況不敢再說寶玉細想這一句意味不禁大哭起來翻

身站起來至案邊提筆立占一偈云

你證我證　心證意證　是無有證

斯可云證　無可云證　是立足境

寫畢自已雖解悟又恐人看此不解因又填一隻寄生草寫在偈後又念一過自覺心中無有掛碍便上床睡了誰知黛玉見寶玉此番果斷而去假以尋襲人爲由來視動靜襲人回道已經睡了黛玉聽了就欲回去襲人笑道姑娘請站着有一個字帖兒瞧瞧是什麼話便將寶玉方纔所寫的與黛玉看黛玉看了知寶玉爲一時感忿而作不覺可笑可歎便向襲人道作的是頑意兒無甚關係說畢便拿了回房去與湘雲同看次日又

與寶釵看寶釵念其詞曰

無我原非你從他不解伊肆行無碍凴來去茫茫着甚悲愁喜紛紛說甚親疎密從前碌碌却因何到如今回頭試想真無趣

看畢又看那偈語又笑道這個人悟了都是我的不是我昨兒一支曲子惹出來的這些道書機鋒最能移性明兒認真起來說些瘋話存了這個念頭豈不是從我這一支曲子起我成了個罪魁了說着便撕了個粉碎遞與丫頭們叫快燒了黛玉笑道不該撕了等我問他你們跟我來包管叫他收了這個痴心邪說三人果往寶玉屋裡來黛玉先笑道寶玉我問你至貴

者寶至堅者玉爾有何貴爾有何堅寶玉竟不能答二人笑道這樣愚鈍還參禪呢湘雲也拍手笑道寶哥哥可輸了黛玉又道你那偈末云無可云證是立足境固然好了只是據我看來還未盡善我還續兩句在後因念云無立足境方是干淨寶釵道實在這方悟徹當日南宗六祖惠能初尋師至韶州聞五祖宏忍在黃梅他便充役火頭僧五祖欲求法嗣令徒弟諸僧各出一偈上座神秀說道身是菩提樹心如明鏡臺時時勤拂拭莫使有塵埃彼時惠能在廚房碓米聽了這偈說道美則美矣了則未了因自念一偈曰菩提本非樹明鏡亦非臺本來無一物何處染塵埃五祖便將衣缽傳他今兒這偈語亦同此意了

只是方纔這句機鋒尚未完全了結這便丟開手不成黛玉笑道他不能答就算輸了這會子答上了也不為出奇了只是以後再不許談禪了連我們兩個所知所能的你還不知不能呢還去參禪呢寶玉自已以為覺悟不想忽被黛玉一問便不能答寶釵又比出語錄來此皆素不見他們能者自已想了一想原來他們比我的知覺在先尚未解悟我如今何必自尋苦惱想畢便笑道誰又參禪不過是一時的頑話兒罷了說罷四人仍復如舊忽然人報娘娘差人送出一個燈謎來命他們大家去猜猜後每人也作一個送進去四人聽說忙出來至賈母上房只見一個小太監拿了一盞四角平頭白紗燈專為燈謎而

製上面已有了一箇衆人都爭看亂猜小太監又下諭道衆小姐猜着不要說出來每人只暗暗的寫了一齊封送進去候娘娘自驗是否寶釵聽了近前一看是一首七言絕句並無新奇口中少不得稱讚只說難猜故意尋思其實一見早猜着了寶玉黛玉湘雲探春四個人也都解了各自暗暗的寫了一並將賈環賈蘭等傳來一齊各揣心機猜了寫在紙上然後各人拈一物作成一謎恭楷寫了掛于燈上太監去了至晚出來傳諭道前日娘娘所製俱已猜着惟二小姐與三爺猜的不是小姐們作的也都猜了不知是否說着也將寫的拿出來也有猜着的也有猜不着的太監又將頒賜之物送與猜着之人每人一

個宮製詩筒一柄茶筅獨迎春賈環二人未得迎春自以爲頑笑小事並不介意賈環便覺得沒趣且又聽太監說三爺所作這個不通娘娘也沒猜着叫我帶回問三爺是個什麼衆人聽了都來看他作的是什麼寫道

大哥有角只八個　二哥有角只兩根

大哥只在床上坐　二哥愛在房上蹲

衆人看了大發一笑賈環只得告訴太監說是一個枕頭一個獸頭太監記了領茶而去賈母見元春這般有興自已一發喜樂便命速作一架小巧精緻圍屏燈來設于堂屋命他姊妹們各自暗暗的做了寫出來粘在屏上然後預備下香茶細菓以

及各色玩物為猜着之賀賈政朝罷見賈母高興况在節間晚上也來承歡取樂上面賈母賈政寶玉一席王夫人寶釵黛玉湘雲又一席迎春探春惜春三人又一席俱在下面地下婆子丫鬟站滿李宮裁王熙鳳二人在裡間又一席賈政因不見賈蘭便問怎麼不見蘭哥兒地下女人們忙進裡間問李氏李氏起身笑着回道他說方纔老爺並沒去叫他他不肯來婆子回覆了賈政衆人都笑說天生的牛心古怪賈政忙遣賈環與兩個婆子將賈蘭喚來賈母命他在身邊坐了抓菓子與他吃大家說笑取樂往常間只有寶玉長談濶論今日賈政在這裡便唯唯而已餘者湘雲雖係閨閣弱質却素喜談論今日賈政在

席也自拑口禁語黛玉本性嬌懶不肯多話寶釵原不妄言輕動便此時亦是坦然自若故此一席雖是家常取樂反見拘束賈母亦知因賈政一人在此所致酒過三巡便攆賈政去歇息賈政亦知賈母之意攆了他去好讓他姊妹兄弟們取樂因陪笑道今日原聽見老太太這裡大設春燈雅謎故也備了綵禮酒席特來入會何疼孫子孫女之心便不略賜與兒子半點賈母笑道你在這裡他們都不敢說笑沒的倒教我悶的慌你要猜謎我便說一個你猜猜不着是要罰的賈政忙笑道自然受罰若猜着了也要領賞呢賈母道這個自然便念道

猴子身輕站樹稍　打一菓名

賈政已知是荔枝故意亂猜罰了許多東西然後方猜着了也得了賈母的東西然後也念一箇燈謎與賈母猜念道

身自端方　體自堅硬

雖不能言　有言必應

打一用物

說畢便悄悄的說與寶玉寶玉會意又悄悄的告訴了賈母賈母想了一想果然不差便說是硯台賈政笑道到底是老太太一猜就是回頭說快把賀彩獻上來地下婦女答應一聲大盤小盒一齊捧上賈母逐件看去都是燈節下所用所頑新巧之物心中甚喜遂命給你老爺斟酒寶玉執壺迎春送酒賈母因

說你瞧瞧那屏上都是他姐兒們做的再猜一猜我聽賈政答應起身走至屏前只見第一箇是元妃的寫著道

能使妖魔胆盡摧　身如束帛氣如雷

一聲震得人方恐　回首相看已化灰

打一物

賈政道這是爆竹呢寶玉答道是賈政又看迎春的道

天運人功理不窮　有功無運也難逢

因何鎮日紛紛亂　只爲陰陽數不同

打一用物

賈政道是筭盤迎春笑道是又往下看是探春的道

階下兒童仰面時　清明粧點最堪宜
遊絲一斷渾無力　莫向東風怨別離
打一物
賈政道好像風箏探春道是賈政再往下看是黛玉的道
朝罷誰攜兩袖烟　琴邊衾裡兩無緣
曉籌不用雞人報　五夜無煩侍女添
焦首朝朝還暮暮　煎心日日復年年
光陰荏苒須當惜　風雨陰晴任變遷
打一物
賈政道這箇莫非是更香寶玉代言道是賈政又看道

南面而坐北面而朝　象憂亦憂象喜亦喜
打一物
賈政道好好如猜鏡子妙極寶玉笑回道是賈政道這一個却無名字是誰做的賈母道這箇大約是寶玉做的賈政就不言語往下再看寶釵的道是
有眼無珠腹內空　荷花出水喜相逢
梧桐葉落分離別　恩愛夫妻不到冬
打一物
賈政看完心內自忖道此物還倒有限只是小小年紀作此等言語更覺不祥看來皆非福壽之輩想到此處愈覺煩悶大有

悲戚之狀只是垂頭沉思賈母見賈政如此光景想到他身體勞乏又恐拘束了他衆姊妹不得高興頑耍即對賈政道你竟不必在這裡了安歇去罷讓我們再坐一會子也就散了賈政一聞此言連忙答應幾個是又勉强勸了賈母一回酒方纔退出去了回至房中只是思索番來覆去甚覺悽惋這裡賈母見賈政去了便道你們樂一樂罷一語未了只見寶玉跑至圍屏燈前指手畫脚信口批評這個這一句不好那個破的不恰當如同開了鎖的猴子一般黛玉便道還像方纔大家坐着說說笑笑豈不斯文些兒鳳姐自裡間屋裡出來插口說道你這個人就該老爺每日合你寸步不離方好剛纔我忘了爲什麽不

當着老爺攛掇叫你作詩謎兒這會子不怕你不出汗呢說的寶玉急了扯着鳳姐兒厮纏了一會賈母又與李宮裁並衆姊妹等說笑了一會子也覺有些困倦聽了聽已交四鼓了因命將食物撤去賞與衆人隨起身道我們安歇罷明日還是節呢該當早起明日晚上再頑罷于是衆人散去且聽下回分解

紅樓夢第二十二回終